母の唄

本埜さとし
HONNO Satoshi

文芸社

目次

子ども時代の母

母のその時が、迫っていた。

それは、生まれた時からの約束（運命）である。八十年を越え、後数日がその約束した日時である。

その約束は、本人は知らない。知らされるとしたら、医師に告げられる、余命宣告である。

この時も母は知らないが、付き添っている我々には、母の余命は知らされていた。

母のベッドの傍《そば》で、母の妹が二人、兄嫁と私たち夫婦、その瞬間を見届けるためと、兄弟に知らせるために交代で付き添っていた。

母の妹二人の思い出話が聞くともなく耳に入って来る。

その話を聞いていると、何故か緊張感が和《やわ》らいだ。時折笑顔ももれる。

母の元気な姿が目に浮かんで来る。

母が生まれた時、両親は感激したに違いない。ただ兄が二人と姉が一人いて四人目の誕生で、祖父母も落ち着いたものだったかもしれない。

その下に妹が二人の六人の子沢山だが、この時代には珍しくはなかった。六人兄妹など珍しくはなく、十人以上の堂々たる子沢山もいた。


四番目ともなると、初めての子の時のように、何をしても「……この子……天才……!!」などと祖父母が目を細め、若い父母が顔を見合わせて一喜一憂する。

初子《ういご》の時は、お乳を与える時も、呑み足らないと言っては悩み、オロオロする。腹いっぱいになったのだろうか、飲み過ぎてはいないか、腹を壊すのではないか、と心配するのである。

二人目三人目であれば、「子どもは、放っておいても育つ……」と考えて祖父母も感動が薄れ（少し……ほんの少しである）新米だった父母も経験を積み、少し、ほんの少し雑になる。

離乳食など初子の時には神経を使って、「体に良くない、いや、これを食べさせないと、大きくなれない」など姑と言い合いになることも。姑は「こうして息子を育てた」と、息子の自慢をし、嫁は「もう古いです……」といった齟齬もよくある。いずれにしても、初めての子は、みんな真剣に育てる。

それも四人目ともなれば、大人の食べるものを、少し柔らかくして小さくする程度で与えるようになる（すべての親がということではない）。

それが証拠に、長子は好き嫌いが多く、次子は好き嫌いなく何でも食べるようになる。

四人目の時の母親は、長女に子守りを頼み、祖父母も両親も仕事に励む。その方が、たくましく育ったのかもしれない。

ヨチヨチ歩く母の姿を、このベッドの上の母からは、想像することも難しい。

運動神経もボチボチだった母は、みんなに必死で付いて走ったのだろう。

お手玉、おはじき、鬼ごっこにかくれんぼ。鬼になって、誰も捕まえることができず、メソメソ泣いたのだろうか。うまく隠れて、最後まで見つかることなく、クスクス笑ったのだろうか。ガキ大将にいじめられたか。仲良しの友達はいたのだろうか。

母の小学校の頃の話を聞いたことがある。

その時代は八人や十人のきょうだいがいる子沢山の家庭も多く、母の同級生にも、幼い妹を学校に連れて来る人がいたという。

子守り通学が珍しいことではなかったと、叔母が笑った。

教室の中はその幼い妹のために大騒ぎになる。妹がぐずりだすと、先生もみんなで大騒ぎ、授業が止まる。

泣きやませることの得意な子もいて、幼いアイドルになつかれる子にヤキモチなど焼く子も出てくる。大騒ぎである。

テストの時などは、先生が抱いて、見守り歩く。オシメ替えの時などは、鼻をつまみながら、興味津々覗き込む。

子守りされていた子が入学すると、勉強がよくできた。

「同じ授業を二度も受けるのだから当たり前や〜ア……」

叔母二人、顔を見合わせて頷き合う。思わず笑ってしまった。母が生死の境にいる、この場面で不謹慎極まりない。

その話は母も笑って言っていた。

声も顔もよく似た叔母たちの話。

母の妹、私には叔母である二人が母を見つめて呟いた。

「カズ姉は、ハイカラさんやったな！」

「そうや！　着物の着方も粋やった」

「そうや、そうや！　私らあんな着方は似合わんわ……」

「それが、よう似合ったわ、カズ姉は……」

「ホンマ……ハイカラさんやった……」

私の知らない意外な母の娘時代のことである。

そう言えば、昔の母の写真の中に、恐らく誰かの所有の「ホンダのカブ」（一九五〇年代後半の50ccバイク。私は一九五一年生まれ）に跨っている写真があって、息子の私が言うのも図々しいが、結構美人だった。

「あの嫁は、子どもが三人もいるのに！」

そんな悪口を言われていたのではないだろうか。バイクに女性が乗るなど、考えられない時代だった。

私が十六歳になると、オートバイの免許が取れた。仲間たちは、スーパーカブ50ccを親父さんに無断で持ち出し、乗り回していた。こっ酷く叱られながら。

「どうせ、お前のことや、すぐに大きいバイクが欲しくなるやろ。一番でかいバイク買え」と母が言う。

その頃、国産一の大排気量だったカワサキ650‐W1（650cc）を買った。勿論、長～いローンで。仲間たちからは羨ましがられたが、「お前のカーちゃん、変わっとるな～。ホンマにお前のカーちゃんか？」と不思議がられた。間違いはない筈だ。母は、「お前は、父親に顔形も性格もそっくりや」と言っていたからだ。

このことを従姉に話したところ、

「ふ～ん……けど、おじいちゃんは男前やったけどなァ～」

母は無鉄砲なところがあった。

母が十三歳の時、京都に出て「髪結い」になりたいと、勤め先も決め、明日の家出の準備は整った。だが、

「カズが家出をしそうだ」

長女が両親に告げ口をして、髪結いになる夢は諦めた。

叔母たちもそのことはよく覚えているみたいであった。

「もし京都へ出て、髪結いになっていたら、私も若先生と言われて、京都の撮影所辺りで女優さんのヘアーを担当していたかもしれへんで」

母は、笑いながら言った。

「そうなったら、お前は生まれてないで。でも、三人子どもが出来たら……？　姿形は違っても、お前生まれていたかもしれんな」

「今頃は、『コンナケ〜？』とか叫んで、テレビにも出ていたかもしれんね」

親子でそんな話をしていたのかと、叔母たちは笑った。

大事な人

一度、こんな話をして、母は涙ぐんだ。

大阪に行きたいと言っていた青年の話。

その青年には、当時不治の病で、寝たきりの妹がいた。

両親はなく、遠縁の家に身を寄せ、その家の農作業を手伝っていた。

肩身が狭かったことは想像を絶するものがあっただろう。

その青年は、母に話した。

「大阪に出て、うどん屋がしたい」

「うどん屋さんなら、大阪に行かなくても、できるんちがう?」母が言うと、

「……大阪の大きな病院に妹を入れてやりたい……」

その妹のことは、母も知っていた。

それ以上の言葉は出なかった。遠縁の家に預けられ、妹を置いて一人で大阪に行くことなどできなかったのだろう。

一日も早く、一時間でも早く、大阪の大きな病院に妹を入院させてやりたい。

朝早くから暗くなるまで働き詰めで、心身共に疲れたのだろう、妹よりも先に亡くなった。残された妹も青年の後を追うように亡くなった。

「……あの兄妹は何のために……生まれて来たんやろか……」

「頭の良い人やった……きっと成功しただろうに……」

「きっと、みんなのためになった人やのに！」

母は、暫く黙っていたが「悔しいな……」と呟き、針仕事を続けた。

叔母たちも、その話は初めて聞いたということだったが、妹が病気で、早くに死んだ青年には心当たりがあるようで、顔を見合わせ頷き合っていた。

きっと母の〝恋話《コイバナ》〟だったのだろう。

叔母たちは、意識のない母に顔を近づけて、

「カズやん……好きやったんか……？」

「……辛かったな……」

そう言いながら、母の眼の辺りにハンカチを当てていた。

この時代に、男と女が自分の夢を語り合ったのだとしたら、きっと思い合っていたのだろう。

青年が亡くなったと聞かされたその悲しさを、母は誰にも気付かれることのないように隠れて泣いていたのだろう。

胸をときめかせていた青春だっただろうに。

「よく話を聞いてやってくれたな……ありがとう……」

叔母の言葉に、無念さが浮かんだ。母親の恋の話など、まともに聞けなかった。自分を思い出した。

「きっと成功しただろうに、悔しいな……」

呟くようなその言葉に、冷やかしたり、茶々を入れたりするような気持ちはなかったが、母がその青年に恋していたなら、息子としてもっと真剣に聞くべきだった。

「……好き同士やったんや……」

そう言って私の顔を見つめた、叔母の涙を溜めた顔は、母によく似た悲しそうな顔だった。

母はもう一人、大事な人を亡くしている。

「カズ……カズはどうしとる……?」と、何時も気に掛けてくれた次兄である。

第二次世界大戦の最中、南の小島で戦死した。

帰って来た骨箱には、小石が入っていたという。二十歳を過ぎたばかりだった。

母が嫁に来て間もなく、戦地から親元に電報が届いた。

「カズエ　アタマ　マルメテ　ナイテル　ユメミタ　アンピ　シラセ（和江　頭　丸めて　泣いてる　夢見た　安否　知らせ）」

その電報を見た母の父親が、嫁入り先（我が家）の様子を見に来た。

家の周りを三回回った時、母が家の中から出て来た。父親は、声を掛けず、そっと様子を見て、帰って行った。すぐに母の身には何も起こっていないと返信をした。

その直後のことだった。次兄のいる小島にアメリカ軍が上陸した。

「ひと思いに、苦しまず死んだのならまだ良いけど、苦しまんだったやろか……?」

「それも約束事やから、しょうがないな～」

「どんなことも持って生まれた約束事や」

それが母の口癖になった。

大阪でうどん屋がしたいと夢を語ったくれた青年も、母のことを何時も気に掛けてくれた次兄も、そんな約束で生まれて来たのだと言うのだ。それはどうすることもできない。母の一生もそんな諦めの人生だったのかもしれない。そして、母の約束の日は確かに来た。

覚悟していたというものの、私の妻も、兄嫁も、二人の妹も、泣いてくれた。

それが母の勲章だった。

いわれなき噂

淋しさが薄らいできた頃、

「和江さんは、要領の良い人やった」

妻がそんな噂を聞いてきた。

正直悔しかった。母の何を知っているのかと、腹が立った。

その怒りが収まる間もなく、追い打ちをかけるように、自治会の懇親会で、父の酒癖の悪さは、母のせいだと言う人がいた。母の悪口を酒の肴にされたような気になって、悔しさに退席した。

傍にいた人が、

「一気飲みをすると悪酔いするし、体にも良くない」

父の酒の飲み方も悪かったのだと、その場を取り持つように言ったが、母が要領良く田仕事を怠けたから「おじさん一人、田んぼ仕事をしていた」と言うのだ。

私が反論する隙を与えず、その場の雰囲気などお構いなしに話を続けた。

何故深く母のことを知らない人が、母のことが気に入らなかったのか、酒のせいであったのか……とは思ったが、思い当たることがある。

その人の父親がよく家に来て、父のたばこを吸うのである。当時は「刻みたばこ」だった。その人は煙管《キセル》で三回ほど吸うと、たばこを詰め替えて、何度も何度も吸った。

父は何も言わないが、それを見ていた私は、子ども心に何と図々しい人だなと思って見ていた覚えがある。

毎日のように来てスパスパ吸いまくるのだが、ある日を境に尋ねて来なくなった。後から聞いた話では、母が見かねてこう言ったのだという。

「余裕のある生活ではないので、お父さんのたばこは、吸わないで欲しい」

そう頼んだということだった。辛抱強く、おとなしいと思っていた母が、我慢できなかったのだろう。

父の酒癖が悪くなったのは、母のせいとだと言い切ったのは、その人の息子であった。「気の強い女で、おまけに怠け者」

そんな話を「煙草を吸わないで」と言われたその人が、きっと母の悪口を息子さんに話していたのだろう。

確かに、その時代の農作業は機械化されていなかった。間違いなく重労働だった。

鋤《すき》を使って、土を縦長の塊で天地返し（表面を下に、底の土を表に返す）にして行く。

小柄で非力な母は、「もっと踏み込め！」と父に怒鳴られながら、三十センチメートルほどの深さまで全身を使って鋤を踏み入れていく。父の言葉に従おうと懸命だった。しかし、縦二十センチ、横幅三十センチ、深さ三十センチの塊で土を器用に裏返すのはコツが要る作業である。熟練の技で、慣れないとうまく返せない。その上、当時一町二反（約一万二千平方メートル）の広い田を朝早くから暗くなるまで、ただひたすら何千何万の土コロを一コロ一コロ返して行くのだから、辛抱と体力が要る。腰も足も疲弊し体中に痛みが走る。

そして、田起こしが済むと次は砕き田で、鋤で起こした土コロ一つ一つを鍬《くわ》で細かく砕いていく。ただひたすら腰から下が泥だらけになる。辛抱のいる作業で、腰が痛く、両手にマメができる。何度もマメを潰し、一人前になるのである。

それが終わると、苗を植えやすいように平らに均《なら》す。この辺りの方言であろう「カクリ田」と呼ぶ代かきのこと。それから田植え。一株一株植えていく。足腰が痛くなり、八十八の手間を掛けて、米になる。

稲刈り作業も一株一株刈り取り、ハサ掛けをする（天日に干すための竹を何段にも組む）。

三〜四メートル上に父がハサに掛け、母は稲の束を一束ずつ父に渡す。高くなると三〜四メートルくらいに達するが、母がその高さにいる父に放り投げるのである。正確に早く、と父の要求は厳しい。私も中学生の頃手伝ったが、何時間も続けると、手元が狂い、父に届かないこともある。母は小柄で一生懸命、全身を使い放り投げていた。母の体力と持病の喘息、辛い作業だった。

若くして、母は腰が曲がっていたが、この頃の老人は殆ど腰が曲がっていた。重労働のせいかもしれない。

母は怠けていた訳ではなかった。

重労働の疲れから、気管支喘息の持病が悪化する。

発作が起こると死んでしまうかと思うほど苦しむのである。

母はその時、喉に何か詰まって、ただ手足をバタバタ動かすだけで、私もどうしてやれば良いのか、ただオロオロするだけ。

父は朝、母が一緒に田仕事に出掛けないと機嫌が悪い。

日が暮れると一緒に帰り、父は先に手足を洗い、母に食事を要求する。母は手足を洗う暇もなかった。

母は朝暗いうちに起きて飯を炊き、おかずを作り、洗濯をし、掃除をしないと父には付いて行けないのである。


田仕事をすれば、手が遅いと叱られる。

発作が出て仕事に出られないと、父は、「このゴクタレが」と怒鳴った。

そんなことは知らずに、母を悪く言ったのだろう。

一生懸命育ててくれた母である。

母が可哀想な気がした。

母に申し訳ない気がした。

悔しさもあった。

本当の母の姿は息子の私が一番知っている、そう思っていたが、他人には母はそのように映っていたのである。

見守ってくれた人たち

だが、母を優しく見ていてくれた人もいる。

何時も気に掛けてくれた次兄。男と女が立ち話をしても噂になる時代に、お互いに夢を語り合ったであろう、大阪に出てうどん屋さんがしたいと打ち明けた青年。二人とも若くして逝ってしまった。

そして、私が知っている二人の母の味方。一人は、喘息の発作が出ると、往診に来てくれた女医さん。何度か往診に来て、言わずにはいられなかったのだろう。

玄関を出ようとして立ち止まり。父に向かいこう言った。

「おとうさん……もう少しお母さんを大事にしてあげて！」

父は、空《くう》を見て煙草を吸っていた。

この女医さんは、その後診療所のない離れ小島に赴任して行った。

あと一人は、父の妹の夫、私にとっては叔母のお婿さん、つまり母にとっては小姑の旦那である。

この叔母の旦那はハンサムで、笑い話がある。

叔母が嫁に行った時代は、お互いに顔も知らずに、婚礼の日を迎えるのが普通だった。正確には初夜にお互いの顔を合わす。これは大げさではない。花嫁は、婚礼中は終始うつむいている。

そして初めて顔を見た時、ハンサムなお婿さんに気付いたのだそうで、

「一番良い男がお婿さんやった！」

叔母は、何時も自慢気に話し、嬉しそうに笑った。

母に言わせると昭和の歌手・春日八郎さん（ヒット曲「別れの一本杉」「お富さん」等）に似ていたと言い、兄に言わせると鶴田浩二さん（昭和の映画スター）に似ているとのこと。いずれにせよハンサムな人だった。

このハンサムな義理のおじさんは、度胸もあった。戦争が終わり、帰郷の汽車の中、

ヤクザのような連中に絡まれている老夫婦を助けに入った。

おじはやせ型だったが、漁師で背は高く、ガッチリした体格であった。

文句があるなら次の駅で降りろ、と言われて、おじはこう返した。

「こないだまで（終戦前まで最前線で戦っていた）……人殺しをしてきた……それを承知で降りてこい……お前たち無事で帰れると思うなよ！」

どちらがヤクザ者か解らない。

汽車が止まり、おじは先に降りた。

ホームには誰もいない。それどころか、誰も降りてこない。汽車が動き出し、それから二時間余り、一人ぽっちで見知らぬ駅にとり残された。

このおじに関するエピソードをもう一つ。一人息子が琵琶湖で流された時、暗くなり湖は荒れて、捜索が困難になった。

「……成り行きに任せよう……」

そう言って、捜索を打ち切るように告げた。

幸い息子は湖岸の葦に掴まり、無事だった。私より一つ上の従弟である。

このおじが、母を訪ねて来た。義姉に説教をしに来たと言う。父が何時ものように、母が怠け者で田仕事をしないと愚痴を言ったのだろう。だが、母の言い分を聞いて、「話が違う」と呟き、父に説教をして帰った。

それから、時々様子を見に来てくれるようになり、母は小姑の旦那を頼りにしていた。だが、このおじも若くして亡くなった。

このおじの親切を母は頼りにしていたが、母が困ったことがあった。緋鯉を母の眼の前で血抜きをして、生き血は体に良いから飲めと言って差し出した。母は、生臭物である魚や肉が嫌いだった。これにはホトホト困った。琵琶湖漁師の親切心だったに違いないのだが、母にしてみれば、嫌がらせに他ならない。

母の詫び

気管支喘息で苦しみ、父の不人情にも苦しんだのだろう。

私が四歳の時、祖母に手紙を渡してきてくれと言い出した。母の実家には正月と盆には母に付いて行ったが、一人で行ったことはない。

村の停留場でバスが来るのを待った。不安だった。兄たちは学校に行っていていなかった。私しかいなかった。

バスが近づいて来る。不安と緊張がピークに達した。

「……よう行かん……」そう言おうとして母の顔を見た。

母は、肩で息をしていた。喉からは「ヒイヒイ」と苦しそうな音がしていた。喘息の発作の前兆である。

その母の苦しそうな顔に、「行くのは嫌や」という言葉がどうしても言えなかった。

バスが止まると、苦しい中、必死に車掌さんに話しかけている。

母の必死で出す小さな声を、しっかりと聞いてくれた。

「この子を……西山の停留所で降ろしてやって欲しい」と頼んでいたのだろう。

車掌さんは母の顔を覗き込むように、笑顔で頷いていた。

この車掌さん、乗り遅れそうな人がいると、バスに乗るまで発車させない。「発車～……オーライ……」と笛を吹くまで発車できない。車掌さんの権限であった。

年老いた人がバスに乗るのだと解ると、バスを降りて走って迎えに行く。老人の手を引きゆっくりとバスに戻る。

母もこの車掌さんで安心したのかもしれない。

バスの乗降口の段差は私にはまだ無理な高さで、車掌さんはヒョイと私をバスに乗せ、運転手の横の助手席にヒョイと抱えて乗せてくれた。

足が床に届かなかったのを覚えている。

幾つものバス停が過ぎて行く。

降りる筈の停留所が近づいて来た。

尻を左右にずらしながら座席の前に寄せても、足は床に着かない。

どうしようと思っていると、バスが止まる。

乗った時と同じように、ヒョイと私を抱き降ろしてくれた。

「お祖母ちゃんのお家、解るか?」

私の目線に合わせて、心配そうに尋ねた。

私は集落の方向を指差した。

心配してくれていたのだろう。私が歩き出すまで、その場で立っていてくれた。歩き出してからも、車掌さんの吹く合図の笛の音が聞こえない。振り向くとバスの乗降口に立ち、こちらを見ている。手を振り「ガンバレ」と言ってくれているように見えた。私が手を振ると、笛の音がして、バスは静かに動き出した。

ドアは開けたままで、車掌さんは身を乗り出しながら遠ざかって行った。

昔は呑気で大らかだったのだろう、車から身を乗り出すなど、危険乗車である。

余呉川《よごがわ》という大きな川の上流に母の生家はあった。橋を渡ると、堤防の坂を下りる。しばらくは民家はない。集落に入ると、今度は登り坂。その突き当りには、禅寺があり、丁字路になっている。そこを左に回るとすぐに尋ねる母の生家がある。ホッとして戸を開けようとしたが、誰もいないようで開けることができない。

「……バアちゃん……バアちゃん……」

呼んでみたが答えはなかった。

隣の人や通りがかりの人に尋ねれば祖母の居場所も解っただろう。残念ながら、その知恵がなかった。仕方なく来た道を引き返す。どうすれが良いのか、解らなかった。

来た道の丁字路まで戻った時、前から乳母車を押してこちらに歩いて来る人がいた。

祖母だった。祖母は私を見て驚いた。

「……？　カズの子か？……。……一人か？　おかあちゃんは？」

泣きながら、駆け寄った。

「泣かんでも良い、泣かんで良い」

何度も繰り返し、肩や背中を摩《さす》ってくれた。

母の手紙を渡すと、

「よう来た、よう来た」

と繰り返す。母の手紙を見て、嫁に行った娘の事情が解ったのだろう。

帰りの心配は要らなくなった。祖母が送ってくれる。

帰りのことは記憶にはないが、帰りのバスの車掌さんも同じ人なら、きっと安心して喜んでもくれたと思う。

祖母は、何日か泊まってくれた。

母は、その話になると、必ず私に謝るのである。

「もし、あの時、バアちゃんに会えなかったら、幼いお前はどうして家に帰ったんやろ？」

何度も何度も謝るのである。

私には、地蔵縁日で怪しげな占い師の言った通り、運があった。あの丁字路を曲がってしまったら、祖母も気付くことがなかった。

宝くじに当たるような大きな運はないが、七十歳を超えた現在も、深く悩んだり苦しんだこともない。何時の間にか解決している。

もう昔のことなのに、その話になると母は、

「自分の苦しさのあまり、そのことまで気が回らなかった……ごめんな、ごめんな……」

と、何時も謝るのだった。

もう一つ母が私に謝ることがあった。

ヨチヨチ歩きの頃、薬瓶を持って、家の前の川に設けられた洗い場に落ちて、ビンが割れて右手を切った。

私にはその時の記憶はないが、右手のひらには、約五センチの傷跡がある。

その時、喘息の持病にもかかわらず、四～五キロある診療所まで私を背負い走って行ってくれた。母が、姉さんかぶりをしていた手拭いを私の右手に巻き付けていた。その手拭いは、真っ赤に染まっていたという。

その直後の写真を見ると、兄と写る白い包帯をした私がいる。

完全に傷口がふさがらないうちに手を握ったり開いたりするので何度も診療所に通い、縫い直してもらったらしい。

「薬瓶を持っていたことを知らなかった……ごめんな、母さんのせいや……ごめんな」

何度も謝るのである。

私が母に謝ったことは記憶にない。それどころか、「ありがとう」の言葉も掛けた記憶がないのに、母は、些細なことでも「ありがとう」と声を掛けてくれた。

絵本と肉うどん

祖母に手紙を届けた時のご褒美だったのだろうか。母は、絵本を読んで聞かせてくれた。確か『石童丸』と『母をたずねて三千里』だったと思う。

「石童丸」は、母と子が父親を訪ねて高野山に来たが、女人禁制のため、子どもひとりで高野山に登り、父親を捜す話だったと思う。

この物語は創作だろうと思っていた。

改めて調べてみると、平安時代に実際にあった話らしい。

身分の高い石童丸の父親には、正妻と側室がいた。二人は表面的には仲良く穏やかに見えたが、側室が正妻を殺す計画を立てていることを知った父親は、自分の罪深さを知り、法然上人の弟子となり仏門に入る。

その後、高野山に入り、修行を積んでいた。そこへ訪ねてきたのが、我が子石童丸だった。

この石童丸は、正妻を殺そうとして追放された時、身籠っていた側室の子で、父親の幼名をとって石童丸と名付けられた。

母子で捜しにきたが、女人禁制の高野山には石童丸が一人で登り、父を捜し歩いた。

「無明の橋」で出会った僧に父親のことをたずねると、その僧の顔色が変わり、

「そなたの尋ねるお方は、既にこの世の人ではありません」

と答えた。

その僧は、石童丸の父親であったが、浮世を捨てて仏門に入った身では、名乗ることが許されず、石童丸を母のもとに返した。

石童丸は山を降りるが、母は石童丸を待ちわびつつ急病にかかり亡くなっていた。

失意のうちに、再び高野山に登り、初めに会った僧の弟子となった。

その後、初めに会った僧は「苅萱道心《かるかやどうしん》」で、石童丸の父親「加藤左衛門尉繁氏《かとうさえもんのじょうしげうじ》」がその正体。元は平安末期（十二世紀後半）筑紫の国（福岡県）の領主であった。繁氏の正妻は桂子、側室で石童丸の母は千里であった。

晩年、苅萱道心は、高野山を離れて、信州善光寺で生涯を終える。

その師匠の死を知った石童丸も善光寺を訪れ、苅萱道心が刻んだと伝えられる「地蔵

菩薩」にならい同じような地蔵菩薩を彫り、この二対の地蔵菩薩は、親子地蔵と呼ばれて、今も信州善光寺に祀られているとのことだが、石童丸は最後まで親子であるとは知らなかったそうだ。

『母をたずねて三千里』は、後にテレビアニメにもなった有名な物語だ。

これら二つの話は、母と子、親と子の別れ、再会を題材にした物語（石童丸は、八〇〇年前に実際にあったと思われる）で、絵本を読んでもらいながら私は、母の膝に顔を埋めて泣いた。

母の声がかすれるようになったと思うと、イガ栗頭に、ポツンポツンと冷たいものが落ちてきた。母も涙を流しながら、読み聞かせてくれていた。

もう一つご褒美があった。

小学生の頃の歯医者通いの帰り、チューブ入りのチョコレートを買ってくれると母が言った。「よく我慢した」という褒美だろうが、この褒美を楽しみに歯医者に行くのである。学校も休めるし、痛さを我慢すればそれは天国であった。

チョコレートばかりではない。「腹が減った」と言うと、うどん屋さんに入ることができた。初めて「肉うどん」を食べた時、こんなに美味いものがあったのかと驚いた。母がその時何を注文したのか、何を食べたのか覚えていない。多分、いや間違いなく、何も頼んではいないだろう。大きな丼にたっぷりのうどんは、子どもの私には多過ぎた。たっぷり残る。しかし母は肉は大嫌いで、その残った肉うどんも手は付けなかった。せめて「キツネうどん」にすればよかった。

その歯医者のあるところが、地蔵縁日の開かれる街であった。

些細《ささやか》な息抜き

母の唯一の心穏やかに過ごせる日は、母の生家の近くで催される八月二十三日の「地蔵縁日」であった。この日は、母も実家に帰ることができる。親子兄妹が集まり、亭主の愚痴や、子どもの自慢話ができた。母の父親は、自分の娘の婿の評価をしていたと言う。

「下になるほど婿は悪い」と言っていたそうで、確かに一番末妹の旦那さんは浮気癖があって、泣きながら姉である母と話をしていることもあった。

母は、二番目に善い婿だという評価に異議を申し立てていたのではないだろうか。

毎年母に地蔵縁日に連れて行ってもらったのは中学生になるまで、母の実家に泊まりがけだった。中学生になるとさすがに母とお泊まりはきつい。

一緒に行っていた頃の話である。

「怪しげな占い師（母の偏見）」に呼び止められた。

「その子は幸せな子や。大事にしなさいよ……」

母は呼び止める口実だと言い、占い料を取られるからと相手にせず、私の腕を引っ張り、通り過ぎた。母は占い事が大嫌いで信用しない人だった。だが事あるごとに、「お前はきっと幸せになる！」と地蔵縁日での怪しげな占い師の言葉を繰り返し言っていた。

母も、私が幸せになるという怪しげな占い師のその言葉だけは、信じていたようだ。

ここの地蔵は日本三大地蔵で有名である。

縁日は一族が集まる日で、母の妹二人とその子ども、私にとっては伯父さん叔母さん、それに従弟・従姉妹たちが、大勢で歩いて参拝に行く。距離にして二～三キロだった。その間母は、日頃の出来事を忘れるように、楽そうに話している。わくわくしながら、そんな母を見ていた。

参道には夜店が出て賑やかだった。何も買わなくても、何も食べなくても、胸がいっぱいに満たされた。

その頃境内では「傷痍軍人《しょういぐんじん》」と言われる人が、白い装束を着て、アコーディオン等で軍歌を弾き、お金を求めていた。子ども心に怖かった。中には戦争で負傷したのではない人もいたらしい。

見世物小屋も出ていた。生まれつき体の不自由な人が見世物になる残酷で厳しい時代だった。生きることの厳しい時代だった。

一度、中学生の頃「蛇女」という出し物を興行していた。中へ入ると、美人のお姉さんが舞台に座って、客席を左から右へ、右から左へ、睨むように見渡す。突然、蛇を噛みちぎって、客席の前に放り投げる。本物の蛇か造り物かは解らないが、動いているように見える。

それで終わり。中学生の小遣いが消えてしまう。

それにしても美人のお姉さんだった。美しければ美しいほど、迫力は増したのだろう。

楽しい出し物もあった。「覗きカラクリ」と言って、昔話や話題の映画や芝居を紙芝居や人形劇で見せるのである。

金を払って壁の穴を覗くと、独特の節回し「カラクリ節」とか「覗き節」で、物語を紙芝居や人形を動かして語る。「金色夜叉」などが有名で、人気があったようだ。

夜店では色々な物を売っていた。

地蔵縁日には付き物の「金魚すくい」「ゼンマイ仕掛けのブリキのおもちゃ」「月光仮面やまぼろし探偵、少年ジェット等のお面（当時のテレビドラマのヒーロー）」その中で、反物《たんもの》も売られていた。口上を面白おかしく表情豊かに、名調子で商品の説明をする。中には「さくら」と呼ばれる役目の仲間がいて、その場を盛り上げる。買う気にさせる。「フーテンの寅さん」のような人たちがいて面白かった。

母は、その反物を買ってきた。物差しで測ると、思っていた長さがない。

「やられた！」

母は、物差しで反物を叩きながら笑った。騙されたのもご祝儀と思える時代だった。

どういうことか。反物売りのおじさん、反物の長さを「ひとひろ」「ふたひろ」と両手を広げて数える。「ひとひろ」は約一メートル。十回計れば約十メートルになる筈だが、十回のうち二回三回は、ただ両手を広げて反物の同じ場所を繰り返しただけで布を送っていないのだ。見ていても解らない。まるでマジックのようであった。

縁日が終わって家に戻ると、母には現実が待っていた。

母の家出

十日ほど母が家を出て帰ってこなかったことがあった。小学生の頃だった。

多分、実家に帰っていたのだろう。寂しかった。心細かった。学校でも母のことが気になり、勉強どころではなかった（そんなことがなくても勉強は嫌いで勉強はできなかった）。走って帰る。戸を開けても母のいる気配はない。

一か月にも一年にも感じた。小さい時に祖母を訪ねたことを思うと、歩いてでも行けただろうが、その勇気がなかったのだろう。

父は相変わらず酒を飲んでいる。母を迎えに行くことなど考えてもいなかったのかもしれない。今と違って、妻が実家に帰るなど、お互いに家としては恥であった。父なりにプライドもあっただろうし、迎えに行くことは負けだと意地を張っていたのかもしれない。

何日も過ぎた朝、勝手場で音がする。そっと覗くと母である。

朝ごはんの支度をしている母の姿があった。駆け寄って母の顔を見ると、薪が燃える炎が母の顔を照らす。泣き腫れた目は、赤く充血している。

「……お前たちがいたから……死なずに済んだ……」

私の頬をつねるような仕草をして、泣き笑いをしながら言う。泣きじゃくる私を抱きしめて、

「ごめんな……ごめんな……」

と何度も謝っていた。

昨日夜遅く、何の落ち度もない母が詫びを入れて、帰って来たのだろう、私たちのために。

それから母は強くなった。父に怒鳴られても平然として、仕事を続けた。

「ゴクタレ、ゴクタレが！」と言われながら。

兄の腹の虫

それからも父は酒を飲んでは荒れた。玄関を開けると、表情と態度が変わる。

二人の兄も私も、母の味方になる。ますます孤独になったのだろう。

酒を飲む機会も多くなった、子どもが三人いると、学校の役員も回ってきた。その頃はＰＴＡと言い、役員会の後は慰労会があった。酒の好きな先生も少なからずいた。

母の喘息の発作が出た時、高校生だった兄が父を迎えに行ったのだが、唇を噛み締め泣いて帰って来た。

見つからなかったのかと思っていたが、夜遅くに、校長を連れて父が帰って来た。

校長が、母の病気見舞いに来たと、折箱を差し出した時、黙り込んでいた兄が急に立ち上がりその折箱を校長の足元に投げつけた。

「お前など教育者の資格はない。今すぐ校長を辞めろ！」

怒鳴りながら裸足で庭に降り、校長に殴り掛かろうとした。

母の制止で収まったが、校長を玄関から突き出した。

兄が言うには、自転車で心当たりを探し回ったところ、ちょうど父が料理屋に入ろうとしているところだった。

「おかあちゃんが苦しんでいる……帰ってきて欲しい」

兄は、入ろうとする父を止めたが、無視して入って行った。

そこには、校長先生と三人の学校の職員らしき人がいた。

「こんな遅く見舞いに来るぐらいなら、なんであの時、帰ってやれと父に言わなかった！」

高校生の兄の腹の虫は収まらなかった。

この時の校長先生は私が通う小学校の校長で、今でも顔が浮かんで来る。

それ以来、街の名士と言われる人や身分の高い人を斜めから見る癖がついた。

中学校では、みんなのいるところで、あなただけが給食費をまだ納めていない、と言われた。母が何とか工面してくれた給食費も、父が酒代にした。

この時は就職していた兄が、

「情けない親や！」

と諦めたように言って、金を出してくれた。

失格者

ある時、自転車通学の途中、小学生に接触し傷を負わせてしまった。額から血が〝ぽたぽた〟と落ちた。同じ村の人が通り掛かった。

「小学生を傷つけてしまった……」

どうしたら良いのかと問いかけたつもりだった。その人なら、的確な指示がもらえると思った。地獄に仏とはこのことと感じた。

町会議員も経験して、地元では〝人物〟と言われていた。もう老人だったが、その時は某組合の理事長だった。近くに事務所があって、出勤してきたのだ。

だが、「ふ～ん……」と言ったきり、事務所に入って行った。当てにした私が悪かったのだろう。

誰かが知らせてくれて、すぐにその子の母親が来て、病院に連れて行った。

ひとまず学校へ行ったが、遅刻の理由を担任に告げると、「親と謝りに行きなさい」と言われ、職員室を出ようとした時、

「ブレーキは掛けたか？」

と問われた。

「ブレーキは効かない」

兄のお古で、私も三年乗っている。

整備不良だった。担任の先生は少し考えて。

「力一杯掛けた、と言えよ」

この先生も教育者としては失格だった。

他人のいるところで給食費未払いの忠告をする先生、母が急病で迎えに行った父に対して「帰ってやれ」と言わずに飲みに入った校長先生。この時代はそれで良かった。

一番悪いのは、気にもせず、飲みに行ってしまった父だ。人を傷つけてしまった私が悪いのだが。

この「ブレーキを掛けた、と言え」とアドバイスした先生とは、就職して二十歳前後の時、先輩と通ったキャバレーに誘った。先生は「やっぱり社会人になると違うな？」と言った。何が違うのかは解らないが、二つ返事で付いてきた。やっぱり教育者としては失格だった。

この先生とはその後も付き合いはあった。

自転車事故の時は、母に連れられて謝りに行った。

母は頭を何回も下げ、謝ってくれた。

「なんでギュウとブレーキ掛けんのや！」

相手の子の母親が、母に怒鳴った。

また母が何度も頭を下げた。

どうにか許してもらっての帰り道、母は一言も話さず、母の後ろ姿を見て家に帰った。きっと怒っているのだろう。

その日の夕食は私の好きなカレーだった。何時も小さく刻んだジャガイモが入ったカレーだった。私は、大きく切ったホクホクのジャガイモにカレーの味の滲みたのが好きだった。母に頼んでも、

「大きく切ったら、煮るのに時間が掛かる」

そう言って、何時も小さく切ったジャガイモが入ったカレーだった。

でも、この時のカレーには、大きく切ったホクホクのジャガイモが入っていた。

「アカンタレ」

勉強は苦手で、できなかった。

私たちの年代は団塊の世代で、同級生の六割が高校へ進学する中で、私は工場に就職

した。「金の卵」と言われて、地方から十五歳の少年少女が都会に出て行った。

工場では、おじさんおばさんが、旋盤やフライス盤、ボール盤などの工作機械を操作していた。何時か私も旋盤作業を習得して一端《いっぱし》の職人になるのだと、不安の中で夢を見ていた。

やがてコンピューターの時代が来た。

その工場での仕事は、熟練を必要としなくなった。


二十二年務めたがどうも我儘な性格だったらしい。不景気になり、工場も人員整理が二年続いた。

二年目のある日、課長が呼んでいると言う。食堂に向かう。課長と食事をするわけではない。食堂へ行くと、いつもなら笑い声と楽しそうな話し声があふれ、テーブルの中央は速さを競う場になる。しかし、醤油・ソース等の調味料の入ったケースがあるはずの場所には、何冊もの閻魔帳が積まれている。その中の一冊だろう、苦虫でも噛み潰したような顔で課長が見ている。

「アカンタレ」

「…………」

私の顔も見ずに、前に置かれたパイプ椅子に、面倒くさそうに手で座れと合図した。座ろうとした時、

「君は……人に褒められるようなことは一つもないな〜……フ〜……」

その言葉にとどめを刺された。課長からは何を言われるのだろう……どう答えたら良いのだろうという緊張の糸が〝プツン〟と切れた。その場で「辞めます」と答えた。二十二年勤め、三十八歳の時のことである。

世界的なディーゼルエンジンのメーカーの創始者がこの町内の出身で、苦労の末に不可能と言われていたディーゼルエンジンの小型化に世界で初めて成功した偉人であり、尊敬の的であった。

私はこの工場に定年まで勤める心算《つもり》であったが、退職することにした。いや首になった。

今でもこの会社は私の誇りである。

母には「人に褒められることがない」などと言われて辞めることにしたとは、どうし

ても言えなかった。我が子がそのような評価を受けていたと聞けば、どんなに悲しい思いをするだろうか。

母にそんな思いをさせたくはなかった。母は何時も〝アカンタレ〟の私を何も言わずに見ていてくれた。

二人の兄は、小学校中学校と先生にも好かれていたという。運動会でも学芸会でも主役だった。

次兄は、三種競技で県大会まで行ったことがあった。

次兄が中学を卒業すると私が入学した。体育の時間、先生が、

「君は孝司君の弟か……三種競技をやってみないか?」

と声を掛けてくれた。

だが、私の走る姿を見て、二度とこの言葉を掛けなくなった。

学芸会でも、二人の兄は良い役を貰った。

次兄が六年生だった。劇の内容は忘れたが、横綱の土俵入りを舞台の真ん中で、客席を向いて演じた。

小学生にしては、黒く健康的な筋肉質の体で堂々と演じた。本人も気持ち良さそうであった。

父母は、さぞ嬉しかったと思う。

対して私は、学芸会の役は何時もその他大勢。セリフはみんなで声を合わせての一言か二言。運動会でも活躍の場はなかった。

学芸会も運動会も母が一人応援に来てくれた。

父は一度も来てくれたことはなかった。


社会に出ても芳しくない我が子……母はどんな思いだったのだろうか。

母に尋ねたことがある。

「末っ子は可愛いと言うが、本当か?」

母は、即座に答えた。

「そら可愛いいわ。三人の中で一番早く親と別れるから」

兄とは九つ違い、次兄とは四つ違い。母の言う意味も解る気がした。

そんなことを裏付ける出来事があった。

私名義の貯金通帳が出てきた。何年も出し入れのないことから、このままだと 消去するという知らせだった。

覚えのない通帳だった。母に尋ねると、

「もしものことがあったら、幼いお前が一番苦労すると思って」

思い出したように言った。

その金額は、僅かなものだった。金銭が自由にならない、母の必死の思いだったのだろう。

おなかポンポン

私は本当に母のことを知っていたのだろうか。本当の母を理解していたのだろうか。

母との会話を思い出せる数の少なさ。少なすぎる母との想い出。

母に甘え、悪態を突き、育ててくれたことを当たり前のように思っていた。

母の子である私こそ、本当に母のことを解っていたのだろうか。

母のことを悪く言う他人を、批判できるのだろうか。

勉強もできない駄目息子だった。だが母だけは何時でも応援してくれていた。

社会人となっても、不甲斐ない息子だった。

どうしても首になったとは言えなかった。

「会社……辞めるわ……」

そう打ち明けると、驚きもせずに、

「そうか……何をしても食べていける。何とでもなるわ！」

そう言って針仕事を続けた。

妻が三人目を妊娠していたこともあり、長兄は、

「どうやって子どもを育てる心算や！　今すぐ会社に謝ってこい！」

と怒鳴った。

次兄は、

「（妻に）相談したんやったら、それでええ」

妻は、辞表を出す日の朝、「……夢が叶うな……」と涙を流して送ってくれた。夫の悔しさを解ってくれていたのだろうと思う。

リストラにあったことは二人の兄も知っていた。母もきっと知っていたと思う。

旋盤を借金で買って自分で仕事を始めたが、すぐには仕事が来るわけではない。毎日、妻と軽トラで大きな会社や作業所を見て歩いたが、容易なことではなかった。

様子見で貰う仕事で食べて行けるほど、世の中甘くはない。

下請けの身分は低かった。ある二百人以上の従業員を抱えている下請けの社長さんが「千人の社員を抱えていても、下請けは下請けですよ」と言うくらい、下請けの立場は弱いものだった。始めてすぐに思い知らされた。

三人目が生まれ、兄が言った通り、三人の子どもをどうやって育てれば良いのか、育てられるのか。

運の良い子だと言われていたが、この時ばかりは参った。

休みの日、子どもらを遊びに誘った。幸い子どもたちは、ハンバーガーが好きで、有名な店で買うのである。

当時は、ドライブスルーなどはなく、店の中で買って来る。待っている間、青い空にハンバーガーショップの独特の屋根を眺めて、不安でしょうがない。ドアが開き、長男と次男はスキップをしながら、紙包みを抱えて出てくる。妻は娘を抱いて。

これが幸せと言うものかもしれない。

狭い車の中ではあったが、親子五人が同じ物を食べられる。

私の子どもの頃は、母は、

「ア～母ちゃんは、おなかポンポン。お前たちで分けて食べよ」

そう言って、私たちの前に差し出した。

おなかポンポンの筈はないのに。

母の口癖は、もう一つ。

「偉くならんでも良い。金持ちにならんでも良い。有名にならんでも良い」

成功者はそれなりの苦労がある。その苦労を背負う約束で生まれて来たのだ。

「それも約束事や」

死ぬも生きるも、「生まれた時の約束事」。それが母の口癖。

死のうと思った時、母は、

「ここで今、死ぬことは約束していない」

と、自分を叱り飛ばして、止まったのだろう。

その時から、母は強くなった。

父が泥酔して外に出ようとした時、誰かに迷惑が掛かると思ったのだろう。何度もパトカーで送ってきてもらったり、飲み屋さんから「迎えに来い」と何回も電話があった。母は、父を外へ行かせまいと奇襲に出た。

父がアワアワと言いながら座り込んでいた。母は父の急所（タマタマ）を、鷲掴みにしていた。

母は小柄で父の力には負ける。まして酒のせいで力加減も解らないだろう。だが、同じ男として、急所を握られた経験はないが、想像はつく。

どのくらいの握力だったかは解らないが、その父の情けない格好に思わず吹き出してしまった。父は脂汗をかくほどだった。

そして、父が暴言を吐くと、兄が母の前に立ち、父と対峙する。父は兄の迫力に負けた。二番目の兄、それに私も加わった。父はそれから余計に酒に逃げたのかもしれない。七十四歳の時、父は脳卒中で倒れてから、意識が薄れていった。兄はそんな父が哀れに思えたのだろう、「酒、やろか?」と問いかけた。微かに聞こえたのだろう、少し首を横に振った。「もう酒は懲り懲りだ」と言うように。


母は、病院に付き添い二か月後、棺に付き添って家に戻ってきた。

「死んだら、あかんなァ～。何の文句も言わんせんわ……」

それは押し殺したような声で、ポロリポロリと涙が落ちた。


その頃は兄が結婚していて、田畑の仕事は機械でしていたので、母の喘息も収まっていた。

私も何とか、家族五人が食べて行けるようにはなったが、下請けの辛さが身に沁みる。何時わがままな要求を発注元から突き付けられるか、何時も不安だった。

そんな時、隣のおばさんが娘さんのお婿さんが外注担当になり、外注先を探しているとのことで、紹介してくれた。

徐々に生活は安定していった。

母の言った通り、何とかなった。

笑顔に戻る道のり

母は年齢と共に足腰が痛むようになり、彼方此方《あちこち》の外科病院の噂話を聞き集めた。医者通いをする老人たちの情報である。

待合室の老人たちの奇妙な会話が聞こえてくる。

「お前、どこが悪いのか?」尋ねる老人がいる。

「わしか?　腰が痛くてナ……」答える老人がいる。

「そうか。わしは、腰も足も手も何もかの痛いのや!」

母はこの会話を聞き、「悪い場所を言い合う競争やナ」と笑っていた。

その待合室で聞いて来た情報によると、家から約五十キロ離れた隣県の外科医院が良いとの評判だった。母は、あまり遠いのであきらめているようだったが、騙された心算で一度行ってみようということになった。

行列が出来るほど有名な医院で、早朝から車で送って出かけたにもかかわらず、既に何人もの順番待ちがいた。

初診ということもあって、帰って来たのは夕方だった。

「あれだけ待って注射一本、数秒で終わりや。もう行かんでも良いわ」

そう不満を言っていたが、痛みは完全になくなった。夢のようになくなった。

「一日がかりになるし、もう行かんでも良い。おまえも仕事が大事や。もう行かんでも良い」

そうは言っていたが、一か月も経つと痛みが出てきた。痛みを顔に出さないようにしている母のことを思い、病院に行こうと誘った。今度は半日で帰ってくることができた。とは言うものの待ち時間が長い。待合室は患者で一杯、幾ら私が図々しくても、そこに一緒に座って待つのは忍びない。車で待つことになる。

そこで、妻に同行してもらうことにした。そうすれば私も楽になった。母の世話は妻がしてくれる。待ち時間、私の話し相手にもなる。一石二鳥であった。帰りには母が蕎麦をおごってくれる。勿論、妻も私も一番安い蕎麦を頼んだことは言うまでもない。

妻も私もそして母も片道五十キロの道のりは、ちょっとした旅行気分だった。痛みが消えて、笑顔に戻る道のりだった。

三年間も通っただろうか、母の体力もなくなり、往復百キロはきつくなってきた。そのうえ一日がかりだということも、私たち夫婦の負担になると思ってのことだろう、近くの市民病院に通うと言い出した。

妻が送り迎えをしてくれたが、日に日に衰えていく母の姿を目の当たりにしていたと思う。

その頃、福祉センターが出来、介護士さんの世話になることとなった。

福祉センターにはマイクロバスが送迎してくれた。

そのバスに乗って通っていることは知っていたが、外に出ていた時、母の乗ったバスが仕事場の前を通った。

バスの窓から母が見ていた。目が合うと満面の笑顔で通り過ぎて行く。痩せた手を振っているようにも見えた。

母は、私の仕事場を眺めながら、行きも帰りも、仕事場が見える座席に座れるように介護士さんに頼んでいるのだろう。

痛い足を精一杯踏ん張り、
曲がった腰を精一杯伸ばし、
窓から仕事場を見て通る。

冬場はシャッターを閉めている。

「冬場は、見えんな……」

と私が言うと、母は、

「シャッターの向こうで働いているお前が見える」

と呟いた。

何時しか、寝たきりとなった。

夜昼構わず、目が覚めると歌う唄。

「金の生る木を　床《とこ》に置き
主《ぬし》と朝寝がしてみたい」

独特の節回しで歌った。

地蔵縁日での覗きカラクリを誰と観たのだろうか。

「和江、和江」と、何かと気に掛けてくれながら南の島で戦死した次兄と見たのだろうか。

それとも「大阪でうどん屋がしたい」と母に打ち明け、若くして亡くなった青年と聞いたのだろうか。

母の記憶から、我が子の名前が消えて、やっと重荷を下ろすことができたこの時、記憶の中に深く刻まれたその唄。幸せだったのか。幸せだったと言えただろうか。

八十年の母の人生の幕は下りた。

私も母の歳に近づく。約束の日は必ず来る。その時が来たら、天国に逝きたいとも浄土に逝きたいとも思っていない。母の元に帰るのである。
母は、「もう来たんか？　早かったな～」と笑うだろう。
そして、大きく切ったホクホクのジャガイモの入ったカレーで迎えてくれる。

おわり

著者プロフィール

本埜 さとし（ほんの さとし）

1951年（昭和26年）生まれ。

滋賀県出身。血液型 AB 型。

中学卒業後、工場に22年間勤め、その後自営として35年間、計57年間旋盤加工に従事。

母の唄

2024年11月15日　初版第１刷発行

著　者　本埜 さとし
発行者　瓜谷 綱延
発行所　株式会社文芸社
〒160-0022　東京都新宿区新宿1－10－1
電話　03-5369-3060（代表）
03-5369-2299（販売）

印刷所　TOPPAN クロレ株式会社

ISBN978-4-286-25869-0